Disney

VAIANA 2

LEO CON Disney NIVEL 1+

AF874445

cliper

Papel certificado por el Forest Stewardship Council®

MIXTO
Papel | Apoyando la silvicultura responsable
FSC® C117695

Penguin Random House Grupo Editorial

Primera edición: octubre de 2024

Printed in Spain – Impreso en España

ISBN: 978-84-19487-26-1
Depósito legal: B-12751-2024

Diseño y maquetación: MYR Servicios Editoriales, S.L.

Impreso en ÍNDICE, S.L.
(Barcelona)

DS 8 7 2 6 1

APRENDO CON DISNEY

LEO CON DISNEY NIVEL 1+

Disney

VAIANA 2

Información para los padres y educadores

Leer aporta grandes beneficios a todas las personas. Es fundamental promover en nuestros hijos el amor por la lectura, una tarea que a veces no resulta nada fácil debido a que otras actividades de ocio pueden resultar inicialmente más atrayentes. Por este motivo, es muy importante que desde bien pequeños aprendan a leer e inculcar en ellos este hábito.

La lectura ayuda a que los niños estimulen su imaginación y creatividad —haciendo que sientan más interés por las cosas que les rodean— y, además, aumenten sus conocimientos y cultura generales.

«Leo con Disney» es una colección pensada para que los pequeños de la casa lean diariamente unas páginas, mejoren su vocabulario, aprendan nuevas palabras y sonidos (fonemas), y desarrollen su agilidad mental con las actividades educativas propuestas.

Podréis encontrar varios NIVELES DE LECTURA (1,2,3):

LEO CON DISNEY NIVEL 1

Cuentos cortos escritos en letra ligada y letra de palo en el mismo folio para fomentar la transición hacia la lectura y en los que cada cuento trabaja una vocal, letra o grupo consonántico específico que se diferencia con un coloreado agradable y distinto al resto de la historia. Además, incluyen unas sencillas preguntas que garantizan que los niños desarrollen la comprensión lectora.

LEO CON DISNEY NIVEL 2

Cuentos un poco más complejos escritos en letra de imprenta y un párrafo por página para los niños que empiezan a dominar el hábito lector y tienen un mayor vocabulario. Cuentos llenos de valores y reflexiones para que los pequeños trabajen su propia inteligencia emocional.

LEO CON DISNEY NIVEL 3

Historias con frases más variadas, párrafos más largos y palabras nuevas que incluyen algunas oraciones compuestas y diálogos. Perfectas para los lectores que empiezan a leer solos.

LEO CON DISNEY NIVEL 1+

Con este nuevo nivel, incorporamos a esta colección un contenido más extenso y más completo en el que se trabajarán, conjuntamente, vocales y consonantes.

Es imprescindible concienciarnos de las virtudes que tendrá de cara al futuro de los niños el hecho de que desde temprana edad aprendan a disfrutar y divertirse con un buen libro. Conseguirán, asimismo, mejorar su rendimiento en el colegio y expresar con mayor exactitud lo que piensan, lo que sienten y desarrollarán su memoria y capacidad de concentración. La colección que tienes en tus manos, «Leo con Disney», está diseñada para potenciar esta provechosa y maravillosa práctica.

LEO CON DISNEY NIVEL 1+

Disney

VAIANA 2

Aprende las letras

a, e, i, o, u, p, m, l, s

cliper

Vaiana explora las islas del inmenso océano en busca de otros pueblos. Solo conoce una isla habitada, la suya. Algún día encontrará otras.

A a

VAIANA EXPLORA LAS ISLAS DEL INMENSO OCÉANO EN BUSCA DE OTROS PUEBLOS. SOLO CONOCE UNA ISLA HABITADA, LA SUYA. ALGÚN DÍA ENCONTRARÁ OTRAS.

Vuelve a casa en su embarcación. En su viaje ha hallado una antigua vasija decorada. Es la prueba de que hay otras gentes más allá de Motunui.

A a

VUELVE A CASA EN SU EMBARCACIÓN. EN SU VIAJE HA HALLADO UNA ANTIGUA VASIJA DECORADA. ES LA PRUEBA DE QUE HAY OTRAS GENTES MÁS ALLÁ DE MOTUNUI.

Vaiana es una gran navegante.
Sus padres, el jefe Tui y Sina,
están muy orgullosos de ella.
Su hermanita Simea la ha echado
de menos.

Aa

VAIANA ES UNA GRAN NAVEGANTE.
SUS PADRES, EL JEFE TUI Y SINA,
ESTÁN MUY ORGULLOSOS DE ELLA.
SU HERMANITA SIMEA LA HA ECHADO
DE MENOS.

En la Cueva de los Antepasados hay un dibujo de Tautai Vasa, el último gran navegante. Él también quería conocer a la gente del océano.

EN LA CUEVA DE LOS ANTEPASADOS HAY UN DIBUJO DE TAUTAI VASA, EL ÚLTIMO GRAN NAVEGANTE. ÉL TAMBIÉN QUERÍA CONOCER A LA GENTE DEL OCÉANO.

Esa noche se celebra una ceremonia. El jefe Tui quiere otorgar a Vaiana el título de Tautai, navegante y líder de la tierra y el mar.

Ee

ESA NOCHE SE CELEBRA UNA CEREMONIA. EL JEFE TUI QUIERE OTORGAR A VAIANA EL TÍTULO DE TAUTAI, NAVEGANTE Y LÍDER DE LA TIERRA Y EL MAR.

Un rayo cae junto a Vaiana.
De pronto ve a Tautai Vasa,
quien le dice que debe encontrar
Motufetū y reconectar a los pueblos
del océano.

Ee

UN RAYO CAE JUNTO A VAIANA.
DE PRONTO VE A TAUTAI VASA,
QUIEN LE DICE QUE DEBE ENCONTRAR
MOTUFETŪ Y RECONECTAR A LOS
PUEBLOS DEL OCÉANO.

Motufetū era una isla de la que salían unos canales que unían entre sí a las gentes de mar. Un dios la escondió para aislar a los humanos.

I i

MOTUFETŪ ERA UNA ISLA DE LA QUE SALÍAN UNOS CANALES QUE UNÍAN ENTRE SÍ A LAS GENTES DE MAR. UN DIOS LA ESCONDIÓ PARA AISLAR A LOS HUMANOS.

Vaiana y su tripulación parten de Motunui en una canoa. Buscarán esa isla que se halla bajo unas estrellas que nunca han visto antes.

Ii

VAIANA Y SU TRIPULACIÓN PARTEN DE MOTUNUI EN UNA CANOA. BUSCARÁN ESA ISLA QUE SE HALLA BAJO UNAS ESTRELLAS QUE NUNCA HAN VISTO ANTES.

Llevan varios días en el mar. De repente ven una silueta en la niebla. Es una gran nave pirata Kakamora huyendo de una almeja gigante.

LLEVAN VARIOS DÍAS EN EL MAR. DE REPENTE VEN UNA SILUETA EN LA NIEBLA. ES UNA GRAN NAVE PIRATA KAKAMORA HUYENDO DE UNA ALMEJA GIGANTE.

Los cocos Kakamora llevan años intentando regresar a su hogar, cerca de Motufetū. Vaiana y su jefe colaborarán para acabar con la almeja monstruosa.

O o

LOS COCOS KAKAMORA LLEVAN AÑOS INTENTANDO REGRESAR A SU HOGAR, CERCA DE MOTUFETŪ. VAIANA Y SU JEFE COLABORARÁN PARA ACABAR CON LA ALMEJA MONSTRUOSA.

Kotu le da su arpón envenenado y Vaiana intenta lanzarlo a la concha. Pero el plan no sale bien y su embarcación acaba dentro del monstruo.

KOTU LE DA SU ARPÓN ENVENENADO Y VAIANA INTENTA LANZARLO A LA CONCHA. PERO EL PLAN NO SALE BIEN Y SU EMBARCACIÓN ACABA DENTRO DEL MONSTRUO.

Allí, un espíritu separa a Vaiana de los suyos. Por su vestido y su remo, Matangi sabe que es la navegante de la que hablan los dioses.

Oo

ALLÍ, UN ESPÍRITU SEPARA A VAIANA DE LOS SUYOS. POR SU VESTIDO Y SU REMO, MATANGI SABE QUE ES LA NAVEGANTE DE LA QUE HABLAN LOS DIOSES.

Matangi encierra a Vaiana en una perla. Pero su viejo amigo Maui acude en su ayuda con su anzuelo. Juntos consiguen escapar del espíritu.

MATANGI ENCIERRA A VAIANA EN UNA PERLA. PERO SU VIEJO AMIGO MAUI ACUDE EN SU AYUDA CON SU ANZUELO. JUNTOS CONSIGUEN ESCAPAR DEL ESPÍRITU.

Maui es un ser poderoso y tiene malas noticias: el dios ocultó Motufetū hundiéndola en el océano. Ningún humano podrá llegar allí.

Uu

MAUI ES UN SER PODEROSO Y TIENE MALAS NOTICIAS: EL DIOS OCULTÓ MOTUFETŪ HUNDIÉNDOLA EN EL OCÉANO. NINGÚN HUMANO PODRÁ LLEGAR ALLÍ.

Poco después, ven en el cielo las estrellas que buscaban. La isla está debajo. El agua se mueve y, de pronto, un monstruo los ataca.

Uu

POCO DESPUÉS, VEN EN EL CIELO LAS ESTRELLAS QUE BUSCABAN. LA ISLA ESTÁ DEBAJO. EL AGUA SE MUEVE Y, DE PRONTO, UN MONSTRUO LOS ATACA.

ACTIVIDADES

Vaiana está convencida de que hay otras islas habitadas y su sueño es encontrarlas. Escribe la vocal que falta en estas palabras.
¿En cuál de estos lugares crees que estarán esas islas?

A E I O U

C __ EVA

C __ ELO

VALL __

__ CÉANO

MONT __ ÑA

Solución

CUEVA
CIELO
VALLE
OCÉANO
MONTAÑA
En el océano.

Los habitantes de Motunui celebran una fiesta en honor a su gran navegante Vaiana. Lee las palabras y búscalas en la imagen. Pinta la flor cuando las encuentres.

antorcha

tambor

palmera

flor

Solución

Con su pericia al timón, Vaiana logra ponerlos a todos a salvo en un islote. Pero la embarcación tiene muchos desperfectos. Están muy preocupados.

P p

CON SU PERICIA AL TIMÓN, VAIANA LOGRA PONERLOS A TODOS A SALVO EN UN ISLOTE. PERO LA EMBARCACIÓN TIENE MUCHOS DESPERFECTOS. ESTÁN MUY PREOCUPADOS.

Loto y Vaiana hallan una canoa que parece muy antigua. Por las pinturas, saben que es la de Tautai Vasa. Su antepasado desapareció allí.

P p

LOTO Y VAIANA HALLAN UNA CANOA QUE PARECE MUY ANTIGUA. POR LAS PINTURAS, SABEN QUE ES LA DE TAUTAI VASA. SU ANTEPASADO DESAPARECIÓ ALLÍ.

Vaiana se siente perdida. Ha puesto a la tripulación en peligro para ir a un lugar al que no pueden llegar. Maui le promete que la ayudará.

P p

VAIANA SE SIENTE PERDIDA.
HA PUESTO A LA TRIPULACIÓN EN PELIGRO PARA IR A UN LUGAR AL QUE NO PUEDEN LLEGAR. MAUI LE PROMETE QUE LA AYUDARÁ.

Más animada, vuelve a su embarcación. La tripulación la espera para enseñarle que han podido repararla. Están preparados para cumplir la misión.

Pp

MÁS ANIMADA, VUELVE A SU EMBARCACIÓN. LA TRIPULACIÓN LA ESPERA PARA ENSEÑARLE QUE HAN PODIDO REPARARLA. ESTÁN PREPARADOS PARA CUMPLIR LA MISIÓN.

Tendrán que atravesar una terrible tormenta y sortear olas como montañas. Maui sacará Motufetū del mar y todos caminarán sobre ella.

TENDRÁN QUE ATRAVESAR UNA TERRIBLE TORMENTA Y SORTEAR OLAS COMO MONTAÑAS. MAUI SACARÁ MOTUFETŪ DEL MAR Y TODOS CAMINARÁN SOBRE ELLA.

Pero el dios les envía la mayor tormenta que han visto jamás. Los relámpagos estallan en el cielo y los remolinos hacen tambalear la embarcación.

PERO EL DIOS LES ENVÍA LA MAYOR TORMENTA QUE HAN VISTO JAMÁS. LOS RELÁMPAGOS ESTALLAN EN EL CIELO Y LOS REMOLINOS HACEN TAMBALEAR LA EMBARCACIÓN.

Vaiana tiene una idea: distraerá a la tormenta mientras Maui se lanza al agua y saca la isla. Loto rompe el mástil para ganar velocidad.

Mm

VAIANA TIENE UNA IDEA: DISTRAERÁ A LA TORMENTA MIENTRAS MAUI SE LANZA AL AGUA Y SACA LA ISLA. LOTO ROMPE EL MÁSTIL PARA GANAR VELOCIDAD.

Maui rompe el muro de rayos que rodea el ojo de la tormenta. Mira al cielo y ve las estrellas que indican la posición de Motufetū.

Mm

MAUI ROMPE EL MURO DE RAYOS QUE RODEA EL OJO DE LA TORMENTA. MIRA AL CIELO Y VE LAS ESTRELLAS QUE INDICAN LA POSICIÓN DE MOTUFETŪ.

Maui se lanza al agua, llega al fondo y clava su anzuelo en Motufetū. Con gran esfuerzo, tira de la cuerda y eleva poco a poco la isla.

Ll

MAUI SE LANZA AL AGUA, LLEGA AL FONDO Y CLAVA SU ANZUELO EN MOTUFETŪ. CON GRAN ESFUERZO, TIRA DE LA CUERDA Y ELEVA POCO A POCO LA ISLA.

Cuando Maui emerge, el dios lo ataca con rayos y la isla vuelve a caer al agua. Vaiana sopla su caracola para atraer la atención del dios.

Ll

CUANDO MAUI EMERGE, EL DIOS LO ATACA CON RAYOS Y LA ISLA VUELVE A CAER AL AGUA. VAIANA SOPLA SU CARACOLA PARA ATRAER LA ATENCIÓN DEL DIOS.

Mientras Vaiana se lanza al mar para llegar a la isla, Moni, Loto y Kele rescatan a Maui. Aunque está malherido, Maui va tras ella.

MIENTRAS VAIANA SE LANZA AL MAR PARA LLEGAR A LA ISLA, MONI, LOTO Y KELE RESCATAN A MAUI. AUNQUE ESTÁ MALHERIDO, MAUI VA TRAS ELLA.

La isla está muy abajo y a Vaiana apenas le queda aire. En un último esfuerzo, toca la cima con su mano. Justo entonces, la alcanza un rayo.

LA ISLA ESTÁ MUY ABAJO Y A VAIANA APENAS LE QUEDA AIRE. EN UN ÚLTIMO ESFUERZO, TOCA LA CIMA CON SU MANO. JUSTO ENTONCES, LA ALCANZA UN RAYO.

El océano sustituye a las aguas malditas y crea una cápsula protectora. Maui, Tautai Vasa y otros antepasados despiertan a Vaiana.

Ss

EL OCÉANO SUSTITUYE A LAS AGUAS MALDITAS Y CREA UNA CÁPSULA PROTECTORA. MAUI, TAUTAI VASA Y OTROS ANTEPASADOS DESPIERTAN A VAIANA.

La tormenta cesa y Maui saca Motufetū del agua. Vaiana sopla la caracola y el sonido abre los canales del océano para los navegantes.

Ss

LA TORMENTA CESA Y MAUI SACA MOTUFETŪ DEL AGUA. VAIANA SOPLA LA CARACOLA Y EL SONIDO ABRE LOS CANALES DEL OCÉANO PARA LOS NAVEGANTES.

No tardan en llegar varias naves muy diferentes a la suya. Son de otras islas. Gracias a Vaiana, vuelven a estar conectados.

Ss

NO TARDAN EN LLEGAR VARIAS NAVES MUY DIFERENTES A LA SUYA. SON DE OTRAS ISLAS. GRACIAS A VAIANA, VUELVEN A ESTAR CONECTADOS.

Los navegantes se reúnen en la cima de la isla. Con respeto, dejan sus símbolos junto a la estrella de mar de Vaiana, la que le dio Simea.

LOS NAVEGANTES SE REÚNEN EN LA CIMA DE LA ISLA. CON RESPETO, DEJAN SUS SÍMBOLOS JUNTO A LA ESTRELLA DE MAR DE VAIANA, LA QUE LE DIO SIMEA.

ACTIVIDADES

Para navegar y sortear los peligros del mar, Vaiana y su tripulación tienen que usar muy bien todos los elementos de su embarcación. Busca en esta sopa de letras algunos de esos elementos.

M	L	I	K	A	R
N	T	I	M	O	N
V	E	L	A	V	R
W	E	D	S	U	E
Ñ	L	E	T	P	M
Z	A	G	I	U	O
R	E	O	L	H	E

REMO MÁSTIL

TIMÓN VELA

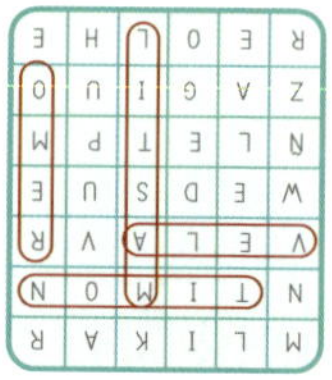

Solución

Maui es un semidiós amigo de Vaiana que nunca se desprende de su gran anzuelo. Lee las palabras y traza el contorno de las que crees que tienen relación con él. Luego, traza la palabra en el recuadro.

ANZUELO

pequeño

grande

valiente

miedoso

ágil

fuerte

Solución
grande,
valiente,
fuerte.

OTROS TÍTULOS DE LEO CON DISNEY NIVEL 1+

Leo con Disney Nivel 1+ es ideal para los niños que empiezan a identificar letras y sonidos. Historias explicadas con frases y vocabulario sencillo, escritas en letra mayúscula y ligada.